P9-CAE-911

# La grande exposition d'animaux de la rue Sésame

*avec les personnages de Sesame Street créés par Jim Henson*

**Emily Perl Kingsley** • **Illustration Normand Chartier**

**Traduction Pauline Normand**

LIMONADE

NOURRITURE D'ANIMAUX

CLUB DU LIVRE RUE SÉSAME
Publié par Laffont Canada Ltée en collaboration
avec Children's Television Workshop.
Imprimé aux États-Unis. Tous droits réservés.
ISBN 2-89149-280-3

**Titre original:** The Sesame Street Pet Show publié par Western Publishing Company, Inc.
en collaboration avec C.T.W.
ISBN 0-307-23102-X
© 1984 Children's Television Workshop.
Muppets characters © 1984 Muppets, Inc.
Il est interdit de reproduire ou de copier toute partie de ce livre sans
permission de l'éditeur.
Reliure ''Classic'' ™ R.R. Donnelley & Sons Co.

GAGNEZ UN PRIX

APPORTEZ VOTRE ANIMAL

C'est le jour de la grande exposition d'animaux de la rue Sésame. Ernest est déjà en route pour le spectacle et il tient précieusement un sac de papier à la main.

Tout à coup, il aperçoit Bébert au coin de la rue qui a l'air de parler aux nuages. Il s'approche de lui et l'entend appeler un pigeon. «Reviens ici, Bérinice, reviens. Je veux redresser tes jolies plumes pour que tu sois le plus beau.»

Bérinice se laisse descendre doucement et vient se poser sur les doigts de Bébert. Alors Bébert lui caresse les plumes et Bérinice se met à roucouler. «Regarde-le, Ernest. Je pense qu'aucun animal de l'exposition ne pourra voler aussi haut que Bérinice. Je suis sûr qu'il va remporter le prix. Dis-moi, Ernest, où est ton animal?»

«Il est ici, caché dans mon sac de papier. Tu ne peux pas le voir avant l'exposition parce que c'est une surprise. Alors, à tout à l'heure, Bébert.»

Ernest continue son chemin et rencontre Plumeau qui parle à un bocal à poissons. «C'est bien, Balou, fais encore quelques tours,» dit Plumeau à son poisson qui nage à toute vitesse. «Je crois qu'aucun animal de l'exposition ne pourra nager aussi vite que toi. Tu vas sûrement gagner le prix.»

Ernest poursuit sa route en tenant bien précieusement son sac. «Mon petit animal ne peut pas nager, mais il va quand même gagner le prix.»

À quelques pas de là, il rencontre Croque-Croque le monstre. «Regarde, Ernest, j'ai un animal qui parle, c'est Patricia, mon perroquet. Je vais le présenter à l'exposition et je suis sûr qu'il va gagner le prix.»

«Ça alors, dit Ernest, mon animal à moi ne peut pas parler, mais il gagnera quand même.»

Un peu plus loin, Ernest aperçoit Rosie Rodéo qui passe à toute allure sur son cheval. «Ernest, regarde comme Lance galope vite. Je suis sûre qu'il gagnera le prix à l'exposition.»

Ernest approche son sac de sa figure et commence à
parler à son petit animal. «Rufus, je sais que tu n'es pas
aussi rapide que Lance, mais je continue à croire que tu
vas gagner.»

Pendant ce temps, Gargote met le nez dehors pour parler à sa mouffette.

«Ah, Falbala, tu sens vraiment mauvais! Tu vas être la gagnante de l'exposition, c'est certain.»

Ernest marche encore et rencontre Hirsute le monstre.
«Bonjour, Ernest, viens voir Poustouffe, mon beau petit
chaton. Tu sais, il peut se laver le visage avec la patte. Je
suis convaincu qu'il va gagner le prix à l'exposition.»

«Ça, par exemple, Hirsute, mon petit animal ne peut
pas se laver le visage, lui. Mais je pense qu'il va gagner
quand même.»

Ernest fait quelques pas et aperçoit Maigrebleu et son petit animal. «Bonjour Ernest! Regarde, c'est Muscade, mon chiot poilu. Il est tellement beau et tellement adorable qu'il va gagner le prix.»

Ernest va s'asseoir dans la balançoire et se met à réfléchir.

«Ouais, mon petit animal ne peut pas chanter, il ne peut pas nager, il ne peut pas parler, il ne peut pas galoper, il ne peut pas se laver le visage non plus, il n'est même pas poilu, hum...»

Pendant qu'Ernest réfléchit, le comte est très occupé à préparer son animal pour l'exposition. «Reste tranquille Octavia. Je veux nouer un ruban à chacun de tes beaux bras. Tiens, en voilà un ... deux ... trois ... quatre bras. Ah, cesse de bouger, Octavia chérie. Il me reste encore le cinquième, le sixième, le septième, le huitième bras à décorer. Tu auras huit beaux bras enrubannés! Tu vas sûrement gagner le prix.»

Ernest poursuit son chemin et aperçoit Marilou qui entraîne sa grenouille.

"Vas-y, Gréta. Tu peux sauter plus haut que ça. Ah, bonjour Ernest. Regarde ce que Gréta sait faire. Je te parie qu'elle va gagner le prix à l'exposition."

Ernest arrive enfin à l'exposition.

«En rang tout le monde,» dit le juge Loquet Toquet. «Est-ce que tout le monde est prêt? L'exposition d'animaux de la rue Sésame va bientôt commencer!» Alors, le juge s'avance et examine attentivement chaque animal.

Il regarde nager Balou: «Mais, c'est magnifique!»

24

Il voit les huit bras d'Octavia: «Oh, la, la, mais c'est incroyable!»

Il remarque le beau poil de Muscade, le chiot: «Tu es vraiment joli, toi!»

Et quand il arrive au bout du rang, il annonce: «Ma décision est prise.»

La grande exposition d'animaux de la rue Sésame

«Le prix du plus haut vol va à Bérinice, le pigeon de Bébert.»

«Le prix du meilleur nageur va à Balou, le poisson de Plumeau.»

«Patricia, le perroquet de Croque-Croque le monstre, gagne le prix du meilleur parleur et Lance, le cheval de Rosie Rodéo gagne le prix de vitesse.»

«Falbala, la mouffette de Gargote, gagne le prix des odeurs et Poustouffe, le chaton de Hirsute, gagne le prix de propreté.»

«Muscade, le chiot de Maigrebleu, est certainement le plus poilu de tous.»

«Octavia, la pieuvre du comte, gagne le prix de l'animal qui a le plus de bras et Gréta, la grenouille de Marilou, gagne le prix de la meilleure sauteuse.»

«Chaque animal est spécial et unique. Tous gagnent un prix,» dit le juge. Et il remet à chacun une décoration.

«Attendez! dit Ernest, vous n'avez pas encore vu mon petit animal.»

Tous les yeux se tournent vers le sac de papier. Ernest sort de son sac un pot de verre. Le couvercle du pot est percé de petits trous. Ernest le dévisse lentement et un petit insecte brun coiffé de deux antennes apparaît.

«Voilà Rufus,» dit Ernest.

«C'est ça, ton animal, ce petit insecte de rien du tout?» dit Marilou.

«C'est un insecte bien ordinaire!» dit Gargote.

«Quelle sorte de prix ton insecte peut-il gagner?» demande Plumeau.

Au même instant, Rufus se met à briller.

«Oooohhh... il s'allume!» dit Maigrebleu.

Le juge s'avance et déclare: «À Rufus, la luciole, je remets le prix de l'animal le plus brillant.»

Tout le monde est content et crie: «Bravo!»

LE PLUS BRILLANT